Analyse de l'œuvre

Par Delphine Leloup
et Johanna Biehler

Le Diable au corps

de Raymond Radiguet

Rendez-vous sur lepetitlitteraire.fr et découvrez :

Plus de 1200 analyses
Claires et synthétiques
Téléchargeables en 30 secondes
À imprimer chez soi

RAYMOND RADIGUET

ROMANCIER, POÈTE ET DRAMATURGE FRANÇAIS

- **Né en 1903 à Saint-Maur-des-Fossés (Île-de-France)**
- **Décédé en 1923 à Paris**
- **Quelques-unes de ses œuvres :**
  - *Les Joues en feu* (1920), poésie
  - *Le Gendarme incompris* (1921), pièce de théâtre
  - *Le Bal du comte d'Orgel* (1924), roman

Raymond Radiguet est un écrivain français du XXe siècle dont les deux œuvres les plus connues, adulées par la critique, sont *Le Diable au corps* et *Le Bal du comte d'Orgel*. Dès l'âge de 15 ans, il suit les cours au lycée Charlemagne de Paris et développe une véritable passion pour la lecture et le journalisme.

C'est à la même époque qu'il rencontre Jean Cocteau (écrivain et cinéaste français, 1889-1963), lequel l'encourage vivement à se lancer dans l'écriture. Le jeune prodige entame donc la rédaction du *Diable au corps* en 1921, et le roman est publié dans sa version définitive en 1923. Radiguet meurt la même année des suites d'une fièvre typhoïde.

LE DIABLE AU CORPS

ENTRE HONNEUR ET FIDÉLITÉ

- **Genre :** roman
- **Édition de référence :** *Le Diable au corps* suivi de *Le Bal du comte d'Orgel*, Paris, Grasset, coll. « Les Cahiers rouges », 2003, 346 p.
- **1re édition :** 1923
- **Thématiques :** amour, infidélité, scandale, honneur, jalousie, Première Guerre mondiale

Le Diable au corps est un roman qui a pour cadre la Première Guerre mondiale (1914-1918) et qui met en scène Marthe, une femme adultère, et François, son jeune amant d'à peine 15 ans. Leur relation, d'abord platonique, finit par déboucher sur une réelle histoire d'amour et sur la conception d'un enfant qui ne sera jamais reconnu par son père biologique. Le décès de la jeune mère clôt le récit.

Parsemé d'éléments autobiographiques – en effet, Radiguet entretint lui-même une relation avec une femme mariée –, ce livre provoqua un véritable scandale lors de sa publication en raison de son thème controversé.

RÉSUMÉ

Le narrateur, François, devenu adulte, revient sur les premiers instants de son adolescence.

Au collège, c'est un élève brillant. Il raconte l'épisode qui lui a valu de quitter l'établissement et d'être instruit à domicile pendant deux ans : par l'intermédiaire d'un complice, il a envoyé une lettre d'amour à une petite camarade. Le directeur en est averti, mais décide de ne rien dire au père de François. Or le jeune garçon raconte toute l'histoire à son père, qui désapprouve la réaction du directeur et retire son fils du collège.

Le narrateur a 12 ans lorsqu'éclate la guerre. Si celle-ci est une source de peur pour les adultes, elle a tout d'une échappatoire pour les enfants, qui voient dans le relâchement de l'autorité parentale l'occasion de s'aventurer en dehors de la maison. François et son frère, impertinents, s'amusent alors à ennuyer leur voisin, M. Maréchaux. Un an plus tard, François quitte enfin la campagne pour le lycée Henri IV. À son grand contentement, son meilleur ami, René, s'inscrit dans le même établissement que lui.

Un beau jour d'été, alors que les deux garçons doivent prendre le train pour La Varenne (Maine-et-Loire), ils rencontrent les Grangier, des amis du père de François. Ceux-ci ont une jeune fille nommée Marthe, âgée de 18 ans et fiancée à Jacques, un soldat. D'emblée, elle intrigue François qui tente de la percer à jour et de la séduire en la taquinant. Il établit avec elle une certaine complicité et lui déclare son amour de façon discrète. Pressé de la revoir, il se rend chez elle quelques jours plus tard et apprend que son fiancé, en permission, est revenu de la guerre plus tôt que prévu.

Cependant, un jour qu'il la rencontre sur le chemin du lycée, il décide de ne pas se rendre en cours et parvient à la convaincre non seulement de passer la journée avec lui et de le laisser l'aider à choisir les meubles qu'elle doit acheter, mais aussi d'annuler le déjeuner prévu dans sa belle-famille.

Par la suite, François amène son camarade René à faire l'école buissonnière, ce qui entraine le renvoi de ce dernier. Apprenant la sanction du directeur d'école à l'encontre de son ami, François s'imagine qu'il est également concerné par la nouvelle. Il annonce donc à son père qu'il est renvoyé d'Henri IV et obtient de lui l'autorisation de quitter l'école pour quelque temps. C'est donc avec surprise que son père accueille, quelque temps plus tard, une lettre de l'établissement demandant le motif de l'absence prolongée de François.

Entretemps, Marthe s'est mariée. Néanmoins, elle invite François à lui rendre visite chez elle. Les deux jeunes gens deviennent de plus en plus proches et finissent par s'avouer mutuellement leur amour. Leurs sentiments, de plus en plus intenses, contribuent à détacher Marthe de son mari. Les amants se promettent alors une passion éternelle et, déjà, le jeune homme envisage la possibilité de tuer le mari de sa maitresse ou d'enlever cette dernière tant il est jaloux de ne pas être le seul homme de sa vie.

Aussi les amants, de moins en moins discrets, sont-ils découverts par les parents de François, qui ne voient pas cette idylle d'un très bon œil. Marthe est peu appréciée de la famille de son amant et les camarades de François s'éloignent de lui les uns après les autres. Les rumeurs commencent à fuser dans le voisinage. Marthe, peinée, envisage de déménager pour ne plus être victime des ragots des badauds.

Jacques obtient enfin une permission et rentre chez lui, où son épouse l'accueille froidement et lui parle peu. Ensemble, ils partent voir la famille Grangier ; la jeune femme décide de faire chambre à part pendant leur séjour.

Au même moment, loin de Marthe, René demande à François d'intercéder en sa faveur auprès d'une amie qui lui plait. Trahissant à la fois la confiance de son ami et de son amante, le narrateur a une brève aventure avec la jeune fille. Cette liaison ne lui donne par ailleurs aucun sentiment de culpabilité : elle contribue, au contraire, à renforcer l'amour qu'il porte à Marthe.

Plus tard, alors que Jacques est reparti sur le front, il écrit à sa femme pour lui apprendre qu'il est malade et qu'il va être transféré dans un hôpital militaire à Bourges (Cher). Il lui demande de venir le rejoindre, ce qu'elle refuse – à la demande de François, qui a une grande emprise sur elle. Mais la maladie de son mari n'est pas ce qui inquiète le plus Marthe. En effet, celle-ci a compris depuis peu qu'elle était enceinte de son amant. Ce dernier est stupéfait lorsqu'il l'apprend. Il voit en cet enfant une entrave à sa jeunesse et ne se sent pas capable de s'en occuper, mais il feint néanmoins la joie devant la jeune femme.

Marthe finit par rejoindre Jacques durant sa convalescence. Cette longue absence de son amante est difficile pour François, qui passe son temps à attendre ses lettres, rongé par la jalousie. Il essaye néanmoins de séduire Svéa, la correspondante suédoise de Marthe. Il l'invite dans l'appartement de Marthe et lui fait des avances, mais elle se débat.

Marthe apprend par son propriétaire que François a invité une femme chez elle et, furieuse, elle lui annonce dans une lettre qu'elle le quitte. Le narrateur lui répond avec habileté, prétextant qu'il n'a fait qu'ouvrir l'appartement à Svéa qui venait la visiter en son absence, et les amants se réconcilient.

Petit à petit, les parents de François et la mère de Marthe réalisent qui est réellement le père de l'enfant qu'elle porte. Tous désapprouvent cette grossesse sans pour autant prendre des mesures pour séparer les amants.

Quant à ces derniers, ils décident de prendre la fuite et de s'installer dans une chambre d'hôtel, mais ils abandonnent bien vite leur projet quand Marthe tombe malade et que sa faiblesse nuit à sa grossesse. Elle retourne alors chez ses parents et y reste alitée, tandis que François reprend, pour sa part, une vie normale d'adolescent tout en se réinsérant progressivement dans sa propre famille.

Quelques mois plus tard, Marthe accouche d'un petit garçon qu'elle nomme François, en hommage à son père biologique. Le jeune père doute dans un premier temps d'être le vrai géniteur du nourrisson, né en janvier. En effet, neuf mois auparavant, Jacques était en permission. Mais ses inquiétudes sont rapidement balayées par Marthe qui lui confirme dans une missive que le bébé, prématuré de deux mois, est bel et bien de lui. François en ressent une profonde fierté, mais son bonheur est entaché lorsqu'il apprend, quelques jours plus tard, la mort de sa maitresse à cause de la fatigue et de la tristesse.

Le livre se ferme sur la visite de Jacques au père de François. En les observant, le narrateur se résout à abandonner son enfant au mari de Marthe, qui pense toujours être le père du bébé, et qui sera plus apte à l'élever que lui.

ÉTUDE DES PERSONNAGES

FRANÇOIS

François est le narrateur et le personnage principal du roman. Il a 12 ans au début de la Première Guerre mondiale, ce que l'on peut déduire des premiers mots du roman :

> « Est-ce ma faute si j'eus douze ans quelques mois avant la déclaration de la guerre ? Sans doute, les troubles qui me vinrent de cette période extraordinaire furent d'une sorte qu'on n'éprouve jamais à cet âge ; mais comme il n'existe rien d'assez fort pour nous vieillir malgré les apparences, c'est en enfant que je devais me conduire dans une aventure où déjà un homme eût éprouvé de l'embarras. » (chapitre I)

Il est donc né vers 1902, tout comme l'auteur. C'est un élève particulièrement intelligent, mais qui ne nourrit pas nécessairement de passion pour ce qu'il apprend sur les bancs de l'école.

Le premier chapitre nous le présente comme étant plutôt sûr de lui : il n'hésite pas à séduire par lettre une de ses camarades de classe. Cette petite amourette est une des rares qu'il a vécue avant de rencontrer Marthe. Il est amoureux de la jeune fille, mais il agit assez égoïstement, puisqu'il lui pose des ultimatums visant à la détourner de son futur mari.

En pygmalion manipulateur, il tente de la façonner selon ce qu'il aime et de l'éloigner des convenances : « À force d'orienter Marthe dans un sens qui me convenait, je la façonnais peu à peu à mon image. C'est de quoi je m'accusais,

et de détruire sciemment notre bonheur. » (chapitre XIX)
Comme un enfant qui s'amuse, il souhaite la mettre en danger et éveiller les soupçons de son entourage sur la relation coupable qu'ils entretiennent ensemble. Il est possessif et jaloux vis-à-vis de Marthe qu'il souhaite garder pour lui. Malgré son amour, il ne fait pas toujours preuve de fidélité, puisqu'il trompe sa maitresse avec la jeune fille que désire son ami René et qu'il tente de séduire Svéa, et cela, sans penser au mal que cette aventure pourrait susciter chez Marthe, car « je désirais Svéa comme un fruit, ce dont une maitresse ne peut être jalouse » (chapitre XXIII).

Il est désemparé quand il apprend qu'il va devenir père, car il voit cet enfant comme une contrainte, une entrave à sa jeunesse. Étrangement, François, qui se pensait adulte en entretenant une relation avec une femme mure, ne se comporte réellement comme tel que dans les dernières lignes du roman, lorsqu'il consent à renoncer à sa paternité pour le bien de son enfant.

MARTHE

Jeune fille de 18 ans au début du roman, Marthe est la fille de la famille Grangier que connait bien le père du narrateur. C'est une femme imprudente, farouche et artiste dans l'âme : elle peint des aquarelles. Elle est fiancée à Jacques, un jeune homme qui se bat sur le front.

Paradoxalement, si elle refuse de se soumettre au jugement de ce dernier, qui se permet de lui interdire certaines lectures (*Les Fleurs du mal* [1857], par exemple), elle est pourtant influençable et suit les conseils de François pour meubler son petit intérieur, ainsi que pour désobéir à sa famille et à son mari. Naïve, elle ne semble pas remarquer que les incursions de François n'ont d'autre but que de la détourner de la morale et d'une vie familiale normale, et elle accepte donc de mentir à tout va pour le contenter. Au contact de celui-ci, Marthe devient cruelle et n'hésite pas à rejeter ouvertement son mari.

Elle décède en donnant la vie, amoureuse de son amant jusqu'à son dernier souffle, puisque le dernier mot qu'elle prononce avant de mourir est son prénom.

JACQUES

Jacques est un soldat envoyé sur le front pendant la guerre. Il est le fiancé puis le mari de Marthe. Plutôt autoritaire vis-à-vis de sa promise, il semble être un homme de principes. Ainsi, il est rigoureux dans ses agissements et dans sa conduite. Mais il est également un homme doux et très amoureux de sa femme, au point d'en devenir crédule. Sensible, il la sent se détacher de lui et en est attristé. Il souhaite la connaitre mieux, même après sa mort, et demande donc au père de François à voir les aquarelles de sa défunte épouse.

Il éprouve un réel intérêt pour Marthe et l'être humain qu'elle représentait, au contraire de François qui aimait la jeune femme pour l'image qu'elle lui renvoyait de lui-même. La toute fin du roman confirme que le veuf est à l'opposé du narrateur : « En voyant ce veuf si digne et dominant son désespoir, je compris que l'ordre, à la longue, se met de lui-même autour des choses. Ne venais-je pas d'apprendre que

Marthe était morte en m'appelant, et que mon fils aurait une existence raisonnable ? » (chapitre XXXIV)

CLÉS DE LECTURE

UN ROMAN AUX GENRES MULTIPLES

Les éléments autobiographiques

Le roman est écrit à la première personne : le narrateur emploie le « je » pour raconter son histoire personnelle. L'histoire appartient au passé, et les sentiments évoqués dans ce monologue sont analysés par le narrateur, à présent adulte, qui reconnait avoir transgressé les normes et les mœurs en entamant une relation avec une femme mariée.

En parcourant la biographie de Raymond Radiguet, il semble évident que le roman est inspiré de faits réellement vécus par l'auteur. Les personnages de Marthe, Jacques, François et René ont été créés à partir d'homologues bien vivants :

- Alice, l'amante du jeune Radiguet, avait épousé un soldat et tomba enceinte au cours de sa relation passionnelle avec l'auteur. Il est probable que l'enfant né de cette relation, appelé André, soit d'ailleurs celui de Radiguet ;
- Gaston, le mari d'Alice, a inspiré le personnage de Jacques, mais il ne fut pas le seul chargé de l'éducation du petit André, car, contrairement à Marthe, Alice survécut bien après la fin de la guerre. Elle n'est décédée qu'en 1952 ;
- René est pour sa part inspiré d'Yves, un ami cher à Radiguet.

L'absence de pacte autobiographique

Si *Le Diable au corps* a tant marqué les esprits, c'est en

partie en raison des éléments personnels dont Radiguet s'est inspiré pour écrire son roman. Pourtant, l'auteur a pris beaucoup de liberté avec la réalité, tant pour les faits que pour les personnes. Il s'est d'ailleurs toujours défendu d'avoir écrit une autobiographie :

> « Mais pour le héros du *Diable au corps* (que malgré l'emploi du "je" il ne faudrait pas confondre avec l'auteur), son drame est ailleurs. Ce drame naît davantage des circonstances que du héros lui-même. On y voit la liberté, le désœuvrement, dus à la guerre, façonner un jeune garçon et tuer une jeune femme. Ce petit roman d'amour n'est pas une confession, et surtout au moment où il semble davantage en être une. C'est un travers trop humain de ne croire qu'à la sincérité de celui qui s'accuse ; or, le roman exigeant un relief qui se trouve rarement dans la vie, il est naturel que ce soit justement une fausse autobiographie qui semble la plus vraie. » (« Mon premier roman : *Le Diable au corps* », in *Les Nouvelles littéraires*, n° 21, 10 mars 1923)

Philippe Lejeune définit la biographie ainsi : « Récit rétrospectif en prose qu'une personne réelle fait de sa propre existence, lorsqu'elle met l'accent sur sa vie individuelle, en particularité sur l'histoire de sa personnalité. » (*Le Pacte autobiographique*, Paris, Seuil, 1975, p. 14) Donc, dans ce type de récit, l'auteur, le narrateur et le personnage se confondent de façon revendiquée par l'auteur, dans ce que Lejeune appelle le pacte autobiographique.

Il est alors bien difficile de qualifier le roman de Radiguet, puisqu'en l'absence de pacte autobiographique, il ne s'agit pas d'une autobiographie au sens strict. L'auteur s'inspire de certains faits réels, mais ne relate pas son histoire. On ne peut pas non plus parler de journal, car celui-ci est rédigé au fil des jours, ni de mémoires qui mettent l'accent sur le contexte historique et son influence sur la vie de l'auteur et non sur ses pensées. Quant à l'autofiction, c'est le récit de la vie d'une personne, et cela de façon plus ou moins romancée ou fidèle. Or *Le Diable au corps* ne reprend que quelques éléments de la vie de l'auteur et s'en éloigne beaucoup pour en faire une histoire à part entière.

Un roman psychologique

Le Diable au corps est ce que l'on nommera un roman psychologique, genre très apprécié par les grands auteurs des XIXe et XXe siècles et qui se base essentiellement sur l'étude de la psychologie des personnages. Radiguet, à l'instar de Guy de Maupassant (écrivain français, 1850-1893), Colette (femme de lettres française, 1873-1954) ou encore Virginia Woolf (romancière anglaise, 1882-1941), en applique les grands principes.

En littérature, on s'attache surtout à dépeindre la psychologie de l'individu et à déterminer la place qu'il occupe dans la société. L'écrivain étaye pour ce faire les caractères des différents personnages de son œuvre. Ainsi, dans *Le Diable au corps*, Radiguet a beaucoup insisté sur la personnalité et les réactions de François, personnage principal et narrateur du roman. Il s'attarde sur ses sentiments profonds, ses doutes et sa peur que la fin de la guerre n'arrive trop tôt et ne sonne la fin de son idylle avec Marthe.

Mais la psychologie des personnages peut aussi se révéler à travers leurs réflexions intimes et leurs actions, comme c'est également le cas dans *Le Diable au corps*. Par exemple, François fait un peu office de maitre chanteur pour Marthe, puisqu'il va jusqu'à lui dicter quel choix poser par rapport au mobilier de sa chambre à coucher ; il exerce sur elle une pression psychologique forte qui est traduite par des caprices et des bouderies.

Dans le roman psychologique, les paysages et l'action passent au second plan, car c'est la psychologie des personnages qui prime. Pour preuve, la guerre, pourtant censée être au centre du roman, n'est jamais décrite : l'auteur se contente d'évoquer ses répercussions sur la vie des citoyens et la liberté nouvelle qu'elle leur confère, mais ne s'attarde jamais sur ce que Jacques, en tant que soldat, pourrait avoir vu au combat. De plus, aucune de ses lettres ne parle des atrocités qu'il vit dans les tranchées. Toutes ses missives sont axées sur son mariage et sur son retour prochain du front.

Cependant, dans ce type de roman, au développement de la psychologie des personnages s'ajoute généralement celui du contexte économique, politique et social de l'époque qui influe sur les comportements des êtres humains. Dans le cas du *Diable au corps*, même si elle est peu évoquée, c'est tout de même la guerre, si permissive, qui donne le coup d'envoi de la relation adultère. La liaison des deux amants est une des conséquences du conflit.

Un roman initiatique

Le Diable au corps est parfois présenté comme un roman initiatique. Ce genre littéraire se caractérise par le récit des aventures d'un jeune héros confronté à divers obstacles dont il tirera des enseignements.

Dans son roman, Radiguet nous présente un personnage principal confronté à la difficulté de vivre une existence d'adulte et d'en d'affronter les conséquences. Dès les premières lignes, le lecteur est averti que François est un très jeune homme qui fait face à des évènements qui vont le dépasser : « C'est en enfant que je devais me conduire dans une aventure où déjà un homme eût éprouvé de l'embarras. » (chapitre I)

Les chapitres qui suivent devront démontrer si le héros a surmonté les obstacles mis sur sa route et appris de ses erreurs. Or, il est évident que François attire les problèmes alors que le bon sens lui aurait dicté d'éviter une liaison avec une femme mariée et de continuer d'aller à l'école.

Cette attitude nonchalante, qui peut passer pour de l'insouciance, atteint son paroxysme à l'annonce de la grossesse. François avoue que cette nouvelle l'étonne : « N'ayant jamais pensé que je pouvais devenir responsable de quoi que ce fut, je l'étais du pire. J'enrageais aussi de n'être pas assez homme pour trouver la chose simple. » (chapitre XXI) Il n'avait pas envisagé que cette aventure pourrait avoir de telles conséquences, alors qu'un homme (sous-entendu, quelqu'un de plus âgé que lui) n'aurait pas négligé ce corolaire.

Pourtant, François évolue et apprend à ne plus suivre ses caprices quand il laisse son enfant à Jacques, le « veuf si digne et dominant son désespoir » (chapitre XXXIV), après la mort de Marthe. Certes, il se décharge de cette responsabilité sur

Jacques ; cependant, cela démontre aussi qu'il a grandi et qu'il est désormais capable de faire un choix difficile, mais qu'il estime être le meilleur pour son fils.

LA GUERRE ET L'AMOUR

Le Diable au corps se déroule durant la Première Guerre mondiale. Ce contexte historique, s'il n'est évoqué que de façon très sporadique dans le roman, en est pourtant le point de départ. En effet, si Marthe est une jeune mariée, elle se trouve paradoxalement très seule, dans une situation comparable à un veuvage, car son mari a très vite été mobilisé après leur mariage. De plus, l'attention des parents de François est attirée par la guerre et ses atrocités. Leur surveillance est donc moindre et le narrateur se sent libre de faire toutes sortes d'expériences.

Nous pouvons en déduire que, si le contexte historique avait été différent, l'histoire d'amour de Marthe et François n'aurait jamais existé. La guerre est, finalement, le motif de la déculpabilisation du narrateur : si elle n'avait pas éloigné les maris des logis, si elle n'avait pas permis ce relâchement des mœurs, incarné par des femmes se détournant des valeurs de la fidélité, du mariage et de la famille, cet amour adultère n'aura jamais vu le jour. C'est donc la guerre qui crée l'immoralité, et non l'amour que François porte à Marthe.

La relation des jeunes protagonistes est en outre profondément liée à la guerre, car elle devra prendre fin dès que l'armistice aura été signé et que les soldats rentreront chez eux, chose dont François a bien conscience : « Je ne souhaitais rien d'autre que ces fiançailles éternelles, nos corps étendus près de la cheminée, se touchant l'un l'autre, et moi, n'osant bouger, de peur qu'un seul de mes gestes suffît à chasser le bonheur. » (chapitre VII)

Curieusement, le narrateur n'envisage pas de se battre pour son couple, il a déjà accepté cette fin programmée alors que Marthe semble, elle, plus disposée à se rebeller face à cette situation : « Déjà, nous envisageons la fin de la guerre, qui sera celle de notre amour. Nous le savons, Marthe a beau me jurer qu'elle quittera tout, qu'elle me suivra, je ne suis pas d'une nature portée à la révolte, et, me mettant à la place de Marthe, je n'imagine pas cette folle rupture. » (chapitre IX)

Cette indifférence peut s'expliquer par le fait que si la guerre est une chance pour les amants infidèles, plus libres de vivre leurs relations extraconjugales, elle devient une source de souffrance pour le jeune homme, car elle le renvoie sans cesse à sa situation inconfortable : assez âgé pour vivre une histoire d'amour qui lui donne une impression de maturité, mais encore trop jeune pour être envoyé au front comme Jacques et tous les hommes aptes au combat.

Si la guerre est perçue comme lointaine et comme l'occasion d'un relâchement des mœurs, source de plaisir, elle aura pourtant des conséquences bien tristes pour tous les protagonistes :

- François vivra certainement d'autres histoires d'amour, mais ne pourra jamais oublier la mère de son fils et sa douloureuse perte ;
- Marthe, sans s'être battue au front, perd la vie. Étrangement, la jeune femme avait envisagé qu'une

séparation avec son amant pourrait avoir une issue tragique : « Je ne pourrai que souffrir, ajoute-t-elle. Si tu me quittes, j'en mourrai. » (chapitre IX) ;

- Jacques, aussitôt marié, a été mobilisé en tant que soldat. Il se retrouve veuf et père d'un enfant après la guerre ;
- le bébé, orphelin de mère, sera élevé sans le savoir par un père adoptif.

LE TRIANGLE AMOUREUX

Le narrateur commence son récit par un souvenir d'enfance, sa toute première « histoire d'amour ». Il fait porter à une camarade de classe une déclaration d'amour alors qu'il est encore un enfant. Cet épisode inquiète les adultes de son entourage (enseignants, parents de la jeune fille), car il s'agit du signe d'une précocité sentimentale malvenue, d'une « mauvaise conduite » (chapitre I) qui préfigure toute l'aventure avec Marthe, considérée comme inappropriée et scandaleuse.

Pour François, l'amour est lié à l'épistolaire et permet d'entretenir le triangle amoureux qu'il forme avec Marthe et Jacques :

- suite à la permission du soldat, Marthe ne veut pas entretenir l'espoir de son mari à propos d'un amour qui n'existe déjà plus. C'est François qui lui dicte « les seules lettres tendres qu'il en ait jamais reçues » (chapitre XIV) ;
- quand Jacques est malade, son épouse le rejoint pendant sa convalescence. Les lettres que la jeune femme envoie à son amant sont leur seul moyen de rester en contact.

François attend ces missives avec impatience en rêvant de tout révéler au mari et s'imaginant que le fait d'aimer la même femme crée entre eux un lien particulier (« J'eusse voulu connaitre Jacques, lui expliquer les choses, et pourquoi nous ne devions pas être jaloux l'un de l'autre », chapitre XXII) ;

- les parents du jeune homme apprennent la grossesse de Marthe grâce à une lettre. Ce qu'ils considéraient comme une amourette quelque peu gênante devient une aventure scandaleuse. Les parents du jeune homme menacent d'écrire à la famille de la maitresse afin de révéler la vérité quant à l'identité du père de l'enfant ;
- leur relation, physique et épistolaire, prend fin quand Marthe, malade, doit passer la fin de sa grossesse chez ses parents, qui brulent les lettres de François sans lui permettre de les lire. C'est durant cette période que François entend les cloches qui signalent enfin l'armistice. Mais pour lui, cela signifie surtout « le retour de Jacques » (chapitre XXXI).

Certains ont voulu voir dans ce triangle amoureux, où Jacques tient malgré tout une grande place, un aveu de l'homosexualité de Radiguet, d'autant plus que celui-ci était ami avec Jean Cocteau, dont les préférences sexuelles étaient affichées. Or, cette hypothèse ne semble pas convenir, car François qualifie ses sentiments envers le mari comme relevant de la « haine » (chapitre XXIII).

C'est plus vraisemblablement la jalousie de l'amant envers le mari qui explique ce triangle : « La véritable jalousie [...] comporte toujours un élément de fascination à l'égard du rival insolent. » (GIRARD R., *Mensonge romantique et vérité romanesque*, Paris, Grasset, coll. « Les Cahiers rouges », 1961, p. 34-35) François n'est pas amoureux de Jacques, mais envieux de son statut d'homme adulte, marié, futur père et respectable aux yeux de la société, alors que lui ne peut même pas récupérer son courrier en raison de sa minorité.

Le triangle le renvoie à sa position inconfortable qui ne peut susciter chez lui que de la haine envers autrui et lui-même.

LE BAL DU COMTE D'ORGEL

Le Bal du comte d'Orgel est le second roman de Raymond Radiguet, publié un an après *Le Diable au corps*. Les deux récits comportent la thématique du triangle amoureux et du mensonge.

François de Séryeuse, étudiant, et le comte Anne d'Orgel se lient d'amitié lors d'un bal. François rencontre la femme du comte, Mahaut, dont il tombe immédiatement amoureux. Par respect pour le comte, il ne montre rien de cet amour, mais devient un intime des Orgel.

L'étudiant les présente à sa mère, Mme de Séryeuse. L'amitié d'Anne et le fait que sa mère apprécie le couple permettent un rapprochement entre l'étudiant et l'épouse. Après des vacances passées loin l'un de l'autre, Mahaut se rend à l'évidence et se confie à Mme de Séryeuse. Celle-ci raconte les confessions de la jeune femme à son fils qui, sachant que ses sentiments sont réciproques, cherche à passer le plus de temps possible avec le couple. Mahaut finit par dire la vérité à son mari qui ne la croit pas.

Si les deux romans de Raymond Radiguet mettent en scène des triangles amoureux, le second est une situation bien moins scandaleuse que dans *Le Diable au corps* : en effet, si Marthe et le narrateur sont amants, dans *Le Bal du comte d'Orgel*, la relation entre Mahaut et l'étudiant reste platonique. Radiguet nous propose deux versions du même thème, à savoir le triangle amoureux sentimental ou sensuel.

UNE ŒUVRE À SCANDALES

Il y a plusieurs scandales attachés au *Diable au corps* et qui ont contribué à élever ce roman au rang de chef-d'œuvre incontournable :

- le premier, et le plus évident, est la trame du roman elle-même, qui relate la liaison adultère entre une jeune femme mariée et son amant adolescent. L'appétit sexuel, mais aussi le désir de vivre des personnages, sont représentés par l'expression « avoir le diable au corps » qui donne son titre au roman. En effet, celle-ci peut aussi bien signifier « être pris d'une passion amoureuse violente » que « aller à l'encontre de la morale ». Radiguet avait choisi d'assumer le scandale à venir dès la lecture du titre ;
- le second scandale est lié au contexte du récit. Dans le premier chapitre, la Première Guerre mondiale est

présentée comme une période de grandes vacances. Les associations de vétérans ont estimé qu'il s'agissait là d'un manque de respect envers les soldats, d'autant plus que Marthe est mariée à un combattant, ce qui ne semble pas éveiller de la part de l'auteur (ou du narrateur) une compassion quelconque ;

- Bernard Grasset (1881-1955), éditeur de Radiguet, avait soigneusement orchestré la sortie de ce roman dans le but d'en faire tout de suite un bestseller. Il avait commencé par prévenir les critiques littéraires qu'il allait publier un nouveau Rimbaud (poète français, 1854-1891), puis avait fait de la publicité à travers des affiches, des encarts et même trois séquences cinématographiques, fait plutôt rare à l'époque. Une telle propagande lui a été bien souvent reprochée : « Ceux qui vendent [...] les chefs-d'œuvre des adolescents de 17 ans devraient ne pas trop abuser de la naïveté de leurs contemporains. » (*Journal de l'Indre* du 12 avril 1923, cité par Nemer M., « Préface », in Radiguet R., *Le Diable au corps* suivi de *Le Bal du comte d'Orgel*, Paris, Grasset, coll. « Les Cahiers rouges », 2003, p. 8)

Raymond Radiguet n'a publié que deux romans, *Le Diable au corps* et *Le Bal du comte d'Orgel*, ce dernier à titre posthume. Lui qui désirait tant ne pas devenir un prodige de bêtise après avoir été un enfant prodige est devenu, à travers sa mort prématurée, un mythe littéraire.

PISTES DE RÉFLEXION

QUELQUES QUESTIONS POUR APPROFONDIR SA RÉFLEXION...

- À votre avis, pourquoi le roman a-t-il été si controversé lors de sa publication ? Argumentez à l'aide d'exemples précis issus du texte.
- Dans le premier chapitre, quelle est la réaction des enfants face à la guerre ? Comment expliquez-vous cette réaction ?
- Quel est le rôle de la guerre dans le roman ?
- Pourquoi peut-on classer *Le Diable au corps* dans la catégorie des romans psychologiques ? Expliquez.
- Décrivez l'évolution de l'histoire d'amour entre Marthe et François. Connaissez-vous d'autres histoires d'amour littéraires qui ressemblent à celle-ci ?
- Comment qualifieriez-vous l'attitude de François à l'égard de Marthe ? Et celle de Jacques ?
- En quoi peut-on qualifier cette œuvre de roman libertin ?
- Radiguet a inséré dans *Le Diable au corps* de nombreux éléments autobiographiques. À votre avis, cela fait-il de son texte une autobiographie ? Justifiez votre réponse.
- Peut-on dire que le roman de Radiguet défend des thèses féministes ? Argumentez.
- Selon vous, ce roman comprend-il une part de vérité historique ?

Votre avis nous intéresse !
Laissez un commentaire sur le site de votre librairie en ligne
et partagez vos coups de cœur sur les réseaux sociaux !

POUR ALLER PLUS LOIN

ÉDITION DE RÉFÉRENCE

- RADIGUET R., *Le Diable au corps* suivi de *Le Bal du comte d'Orgel*, Paris, Grasset, coll. « Les Cahiers rouges », 2003.

ÉTUDES DE RÉFÉRENCE

- COCTEAU J., *La Difficulté d'être*, Paris, Éditions du Rocher, coll. « Littérature », 1983.
- CONSTANS E., *Parlez-moi d'amour. Le roman sentimental, des romans grecs aux collections de l'an 2000*, Limoges, Presses universitaires de Limoges, 1999.
- GIRARD R., *Mensonge romantique et vérité romanesque*, Paris, Grasset, coll. « Les Cahiers rouges », 1961.
- LEJEUNE P., *Le Pacte autobiographique*, Paris, Seuil, 1975.
- RADIGUET R., « Mon premier roman : *Le Diable au corps* », in *Les Nouvelles littéraires*, n° 21, 10 mars 1923.
- RIEUNEAU M., *Guerre et révolution dans le roman français de 1919 à 1939*, Genève, Michel Slatkine, 2000.
- TATU C., « Études des normes dans le roman de Radiguet *Le Diable au corps* », in *Évènements de prose narrative II*, Besançon, Faculté des Lettres et sciences humaines, coll. « Annales littéraires de l'université de Besançon », 1995.

ADAPTATIONS

- *Le Diable au corps*, film de Claude Autant-Lara, avec Micheline Presle, Gérard Philipe, Jean Debucourt, Denise Grey et Palau, France, 1947.

- *Il Diavolo in corpo*, film de Marco Bellocchio, avec Maruschka Detmers et Federico Pitzalis, Italie, 1986.
- *Devil in the Flesh*, film de Scott Murray, avec Katia Caballero et Keith Smith, Australie, 1989.

Retrouvez notre offre complète sur lePetitLittéraire.fr

- des fiches de lectures
- des commentaires littéraires
- des questionnaires de lecture
- des résumés

ANOUILH
- Antigone

AUSTEN
- Orgueil et Préjugés

BALZAC
- Eugénie Grandet
- Le Père Goriot
- Illusions perdues

BARJAVEL
- La Nuit des temps

BEAUMARCHAIS
- Le Mariage de Figaro

BECKETT
- En attendant Godot

BRETON
- Nadja

CAMUS
- La Peste
- Les Justes
- L'Étranger

CARRÈRE
- Limonov

CÉLINE
- Voyage au bout de la nuit

CERVANTÈS
- Don Quichotte de la Manche

CHATEAUBRIAND
- Mémoires d'outre-tombe

CHODERLOS DE LACLOS
- Les Liaisons dangereuses

CHRÉTIEN DE TROYES
- Yvain ou le Chevalier au lion

CHRISTIE
- Dix Petits Nègres

CLAUDEL
- La Petite Fille de Monsieur Linh
- Le Rapport de Brodeck

COELHO
- L'Alchimiste

CONAN DOYLE
- Le Chien des Baskerville

DAI SIJIE
- Balzac et la Petite Tailleuse chinoise

DE GAULLE
- Mémoires de guerre III. Le Salut. 1944-1946

DE VIGAN
- No et moi

DICKER
- La Vérité sur l'affaire Harry Quebert

DIDEROT
- Supplément au Voyage de Bougainville

DUMAS
- Les Trois
  Mousquetaires

ÉNARD
- Parlez-leur
  de batailles,
  de rois et
  d'éléphants

FERRARI
- Le Sermon sur la
  chute de Rome

FLAUBERT
- Madame Bovary

FRANK
- Journal
  d'Anne Frank

FRED VARGAS
- Pars vite et
  reviens tard

GARY
- La Vie devant soi

GAUDÉ
- La Mort du
  roi Tsongor
- Le Soleil des
  Scorta

GAUTIER
- La Morte
  amoureuse
- Le Capitaine
  Fracasse

GAVALDA
- 35 kilos d'espoir

GIDE
- Les
  Faux-Monnayeurs

GIONO
- Le Grand
  Troupeau
- Le Hussard
  sur le toit

GIRAUDOUX
- La guerre de
  Troie
  n'aura pas lieu

GOLDING
- Sa Majesté des
  Mouches

GRIMBERT
- Un secret

HEMINGWAY
- Le Vieil Homme
  et la Mer

HESSEL
- Indignez-vous !

HOMÈRE
- L'Odyssée

HUGO
- Le Dernier Jour
  d'un condamné
- Les Misérables
- Notre-Dame
  de Paris

HUXLEY
- Le Meilleur
  des mondes

IONESCO
- Rhinocéros
- La Cantatrice
  chauve

JARY
- Ubu roi

JENNI
- L'Art français
  de la guerre

JOFFO
- Un sac de billes

KAFKA
- La Métamorphose

KEROUAC
- Sur la route

KESSEL
- Le Lion

LARSSON
- Millenium I. Les
  hommes qui
  n'aimaient pas
  les femmes

LE CLÉZIO
- Mondo

LEVI
- Si c'est un
  homme

LEVY
- Et si c'était vrai...

MAALOUF
- Léon l'Africain

MALRAUX
- La Condition humaine

MARIVAUX
- La Double Inconstance
- Le Jeu de l'amour et du hasard

MARTINEZ
- Du domaine des murmures

MAUPASSANT
- Boule de suif
- Le Horla
- Une vie

MAURIAC
- Le Nœud de vipères

MAURIAC
- Le Sagouin

MÉRIMÉE
- Tamango
- Colomba

MERLE
- La mort est mon métier

MOLIÈRE
- Le Misanthrope
- L'Avare
- Le Bourgeois gentilhomme

MONTAIGNE
- Essais

MORPURGO
- Le Roi Arthur

MUSSET
- Lorenzaccio

MUSSO
- Que serais-je sans toi ?

NOTHOMB
- Stupeur et Tremblements

ORWELL
- La Ferme des animaux
- 1984

PAGNOL
- La Gloire de mon père

PANCOL
- Les Yeux jaunes des crocodiles

PASCAL
- Pensées

PENNAC
- Au bonheur des ogres

POE
- La Chute de la maison Usher

PROUST
- Du côté de chez Swann

QUENEAU
- Zazie dans le métro

QUIGNARD
- Tous les matins du monde

RABELAIS
- Gargantua

RACINE
- Andromaque
- Britannicus
- Phèdre

ROUSSEAU
- Confessions

ROSTAND
- Cyrano de Bergerac

ROWLING
- Harry Potter à l'école des sorciers

SAINT-EXUPÉRY
- Le Petit Prince
- Vol de nuit

SARTRE
- Huis clos
- La Nausée
- Les Mouches

SCHLINK
- Le Liseur

Analyse de l'œuvre
Germinal

Analyse de l'œuvre
L'Étranger

Analyse de l'œuvre
Le Père Goriot
de Balzac

Analyse de l'œuvre
Candide
ou l'Optimisme

Analyse de l'œuvre
Oscar et
Dame rose

ISBN version numérique : 978-2-8062-1992-3
ISBN version papier : 978-2-8062-1137-8
Dépôt légal : D/2017/12603/573

Avec la collaboration de Johanna Biehler pour l'encart « Le Bal du comte d'Orgel » ainsi que pour les clés de lecture « L'absence de pacte autobiographique », « Un roman initiatique », « La guerre et l'amour », « Le triangle amoureux » et « Une œuvre à scandales ».

Conception numérique : Primento,
le partenaire numérique des éditeurs.

Ce titre a été réalisé avec le soutien de la Fédération Wallonie-Bruxelles, Service général des Lettres et du Livre.

Made in the USA
Monee, IL
08 July 2026